후쿠오카

손없는 날 저랑
후쿠오카 가실래요?

거긴 왜요?
하늘이 좋을 것 같아서요.
제정신이세요?
또라이지요.
후쿠오카 형무소 영업할까요?
그건 모르겠네요.
영화 후쿠오카 보셨나 봐요.
네.
아직도 그러고 사세요?
네.

나는 가끔 혼자 웃는다

ⓒ박세현, 2020

1판 1쇄 발행__2020년 12월 15일
1판 2쇄 발행__2021년 06월 05일

지은이__박세현
펴낸이__양정섭

펴낸곳__예서
　　　　등록__제2019-000020호

제작·공급__경진출판
　　　　사업장주소__서울특별시 금천구 시흥대로 57길 17(시흥동) 영광빌딩 203호
　　　　전화__070-7550-7776　팩스__02-806-7282
　　　　홈페이지__http://https://mykyungjin.tistory.com
　　　　이메일__mykyungjin@daum.com

값　10,000원
ISBN　979-11-968508-3-8　03810

나는 가끔 혼자 웃는다

예서의시 011

나는 가끔 혼자 웃는다

박세현 시집

예서

차례

후쿠오카

제1부 나는 날마다 누설될 뿐이다

제2부 시 같은 건 안 읽어요

제3부 마치 살아있다는 듯이

제4부 추억은 물티슈로 지운다

제1부

나는 날마다 누설될 뿐이다

독자 만세

무슨 소린지 모르고 썼는데
독자가 알아서 읽네

오리무중 역에서

그러니까 내가 묵은 책 한 권 들고
오지 않는 전철을
기다리고
있다

전철은 파업 중이라
오지 않는다는 공고문이 붙어 있는데도
나는 그것을 읽지 않는다
오겠지
하늘은 10세 이하의 어린이가
그려놓은 그림처럼 동화적으로
푸르다
그러면 그렇지
전철이 들어온다
오기는 오는 것인데
전철은 까마득한 과거로 후진하고 있다
기관사는 나라를 말아먹은
전직 대통령 얼굴이다

나는 책을 펼치고 아무 데나 펴서

읽는다
소리내어 읽었더니
목소리에 활자가 쩍쩍 묻어난다
하늘에서 열차가 내려와 내 앞에 선다
기관사가 직접 내려서
손수 안내를 한다
나는 열차에 오른다
열차는 텅 비었고
승객도 나 한 명뿐이다

열차는 다시 후진으로 출발하고
입 안에서 씹히는 활자를 뱉으며
나는 조용히 책을 읽는다

장춘에서 쓴 시

장춘에 와서 장춘을 걷는다
망명시인처럼 걸어 보자

장춘 가로수 장춘 사람들 장춘 식당 장춘 하늘 장춘 번개
장춘은 온통 장춘뿐이다
장춘에서 다섯 날 다섯 밤을 지내면서
장춘요리를 먹고 장춘술을 마시고
장춘사람들의 잠꼬대를 듣고
오로지 장춘만 살았다
새벽엔 천둥 치고 굵은 빗방울 쏟아졌다
북방의 바람이 원본 그대로 불었다
헐거운 삶이 통째 울렁거렸다
뜬눈으로 장춘하늘을 바라보면서 반성하는데
반성거리가 싹 사라졌다
가방을 싸면서 다시 올 날? 기약 없음
두고 온 생각도 역시 없음
장춘지하철 1호선을 타고 비오는 장춘공항으로 간다
장춘을 떠난다 떠나가는데 이유 없지
올 때도 이유 없었지
두만강 흙탕물도 한 줄기 해란강도 시인윤동주지묘도

해 사그라드는 만주벌판도 길림성공산당위원회도
관동군사령부도 마지막 황제의 꿈도
함부로 퉁치고 간다
장춘은 긴 봄 긴 꿈
누구에게는 있고 누구에게는 없는 설정이다

엽기

엽기발랄한
시를
쓰고
싶다니까
죽은 독자가
웃는다
아유
환갑 넘어 무슨
시를 써요
식은 죽
떠먹듯이
그냥 사시는 거지
아님
반건달 같은
소리나 지껄이면서
사시든가
(그렇구나)
다음 줄은
비워둔다

본래는 나를
향한 쌍욕을
썼다가
지운 자리다
지나가면서
아무나
한 줄씩
써도
좋다

커피 리필 되나요?

계산하면서
카페 주인이냐고 물었더니 흰머리
아저씨는 주인장에게 빌붙어 산다고 말했다
말해놓고도 어이없는지 그는
고깃배 몇 척 놀고 있는 평일날 항구를
멀리 싱겁게 내다본다

세상에 붙어살기
권력에 붙어살기
독자에 붙어살기
자기에게 붙어살기
사랑에 붙어살기
(떨어지면 죽는다)
그 중 으뜸은 허공에 붙어살기라

오늘 하루 바닷가 카페 종업원 남자의
몸에 붙은 어색함이 왠지 고맙다
나 같은 건달은 어쩌면 당신의
바닥없는 어이없음에 빌붙어서 여생을
지나갈지도 모르겠다

커피 리필 되나요?

이 대사는 생략하고 일어섰다

나는 가끔 혼자 웃는다

가끔 나는 혼자 웃는다 웃는
연습을 해본다 이 웃음인가 저
웃음인가 가늠이 되지 않아 한번
더 웃어본다

가령 이런 것에 대한 맹한 생각들
나는 살았던 것일까?
선배 시인의 시를 읽고 뒷세대의
단편소설을 읽고 속절없이 폐업한 단골
카페주인을 회고하면서 나는
정말 살았던 것이 맞는가?
나는 가끔 살아왔던 날이 아니라 살아보지
못한 시간들을 후회한다
가령 이런 것
남의 시에 밑줄을 긋고 첨삭하면서
시인과 다투는 꿈 시인이 아니어도 좋고
누구여도 좋고 영화 속의 패터슨이어도 좋다
가끔 혼자 웃지만 그건 웃음이 아니다 울음인 것
웃을 일만 골라 웃었던 자신에 대한 복수
표기를 고친다 복쑤

웃음 없이 웃었던 날들이여
군살 빠진 웃음이여
우습지도 않은 웃음이여
이여 이여

경기남부재즈

올 리가 없는 소식을 기다릴 때
기다림을 수굿하게 누르고 싶어
경기남부재즈를 듣는다

기타 베이스 드럼 보컬로 구성된
경기남부재즈 쿼텟
징 꽹과리 장구 북도 섞였겠지
이들은 경기남부지역에 전승되고 있는
토속적인 재즈 이수자들이다
없는 것을 이수하는 경기남부재즈의
음악적 취향을 애호하는 팬들이
점점 불어난다는 소문
나도 그쪽이다
남코리아 서울 동북부 가장자리에서
있을 리 없는 경기남부째즈만 골라 듣는다
이게 나의 본색이다

그러나 다시 그러나

영풍문고 문학코너 앞에서 기다린다
미세먼지 민주주의 자유 몽환 이런 거
이미 와 있는 거는 없는 거나 마찬가지
모든 거 버리고 우중간 깊은 곳으로
날아가는 야구공처럼 나는 서점 어디에서
길을 지워버린다 그것이 나의 꿈
꿈도 놓치면 그때 내 앞에 슬며시
다가오는 것을 사랑이라 부르겠다
아니어도 상관없다 멀리 날아가고 싶다는
마음만으로 오늘은 을지로를 걸어갔다
거기 당신이 없으므로 그러나 다시 그러나
내 앞을 지나가는 세상의 당신들에게
나는 없는 손을 내밀었으리라

내 꿈은

꿈이라기보다 실천에 가깝지만
생각보다 앞서가는 시

그래서 제 생각도 놓쳐버리는 시
자기 말도 찾지 못하고
어정거리는 시를 쓰고 싶다
그것도 아니라면 하나마나한 말
쓰나마나한 문장만 골라 쓰고 싶다
어떤 의미에도 도달하지 못한 말
비오는 날 누구집 담벼락 밑에서 젖고 있는
나의 말에게 종이우산을 씌워주고 싶은 정도
지하도 입구에서 반가부좌의 자세로
두 손을 벌리고 있는 한심한 인간이야말로
내가 참구하는 말벗이다 시다
눈도 꿈쩍 않고 지나가는 행인들
내 시는 나에게는 쓰나마나한 것이고
누구에게는 읽으나마나한 식은 꿈이다
이 문장을 쓰는 동안 농담처럼 들떴을
내 심장에게 감사를!

나는 본다

11월생 나무가 외로움을 가리키고
있다
발밑에는 금방 놓쳐버린 나뭇잎 두어 장
서너 장, 달랑 그것뿐
이건 무얼 빗대는 말들이
아니다

고물 스쿠터가 파란 연기를 토하고
사라진 자리에 시보다
짧은 수염을 단 아파트경비가 낙엽을 쓸고
있다
현재형 외로움이 고양이 몸 안으로
들어가는 순간을
나는 본다

상하이에서 돌아오던 날

상하이에서
돌아오던 날
비행기는 당연한 듯이
인천공항에 불시착하고
나는
느린 걸음으로
입국장을 빠져나왔다
취재진 하나 안 보이고
가족도 친구도 보이지 않았다
그 흔한 팬클럽 한 명도
나를 환대하지 않았다는 팩트를
사실대로 기록한다

나와 관계없는 마중객들을 향해
그러나
친절하게 방향 없이 손을 흔들어주었다
텔레비전을 통해 익힌 수사학이다
비행기 안에서 써두었던
도착 성명서는 구겨버리고
생의 부산물 같은

가방을 떠밀면서
남조선 미세먼지 속으로 걸어나갔다
불공정한 역사가 소화하지 못한
여백을 통해 나는 이렇게
남모르는
대가가 되어 간다

나는 당신이 알고 있는 그 누구도 아니다

삶을 연극이라 신앙하면서 나는 나를
재연배우라 자임한다
오늘 배역은 제대한 교수역
그는 먹물 덜 빠진 표정으로 전철을 타고
서촌이나 북촌 골목을 돌아다니다가
남촌이나 동촌에서 예정 없이 표류할 것이다
이상이 만년필을 잃어버린 골목
박인환이 처갓집으로 들어가던 길
김수영의 번역원고를 인쇄해주던 잡지사 골목을 간다
청진동에서는 김종삼 뒷모습도 오래 본다
(그가 청진동을 지나가지 않았다는 설도 있다
내가 알 게 뭐냐)

명동길도 걷고 싶은데 오늘치 쪽대본에는 없다
그는 대본주의자인지라 주어진 대본대로 살아간다
내 이름 석 자 내 주소 내 생각 내 꿈
내 말버릇 나의 편견과 농담, 세계관도
당신들은 나보다 먼저 나를 정의한다

내가 나라고 믿는 건 불가피한 가설

나는 날마다 누설될 뿐이다

° 제목은 밥 딜런의 전기 영화 〈I'm not There〉의 DVD 케이스에서

내가 고맙다

일곱 시 십육 분을 지나고 있는 5월
아침 어느날 나는 67세의 한순간을 지나친다
한 줄 띄우고 냉수 한 컵

어제 하루 살았던 강릉은 26도
동해안은 대형산불주의보
북의 김정은은 무얼 또 쏜 모양이다
쏠 게 있다는 건 좋다

오늘 저녁은 내가 쏜다
고민 없이 단언하는 당신이 내 꿈속에 있다
다음엔 내가 쏠게
꿈을 열고 나온 당신은 웃으며 말해준다
어서 쏘시게
내일이 온다는 보장이 없지만 나도
무언가 쏘아올리고 싶다

붉은 철쭉 곁에 흰 철쭉 사이사이 연초록 잎 건너편에 입
하를 자축하는 이팝꽃 방금 유일한 자기의 한 방을 터트린다
나도 모르게 무언가를 흘리고 있다 지하철에 우산 놓고 오듯

이 잠깐 아쉽지만 곧 아무렇지 않게 나를 놓고 오시는 날도
있겠지 나는 이런 내가 고맙다

빗소리듣기모임 임시 총회

시쓰기 좋은 날
있듯이
헤어진 인연
거듭
헤어지기 좋은
날이다

관념은 낡았고
혁명은 구식이며
사람들은 냄새 난다
어제는 종일
궂은비 왔다
급히 빗소리듣기모임
임시총회를 소집하고
준회원 자격으로
나는
들판에 나가
어두워질 때까지
빗소리를 편곡했다

빗방울에 맞아죽지
않도록 조심하면서°
초여름 순한 빗소리
멀고 깊게 들었다
빗소리 따라 갔다가
돌아오는 길 생략하시고
모른 척
빗소리 속으로
망명하고
있는 중

° 베르돌트 브레히트의 「아침저녁으로 읽을 것」에서

괜찮은 사람

몇 걸음 가다가 브레이크 잡듯
걸음 끊고 돌아본다
저 사람
어디서 봤던가?
가라앉은 기억은 떠오르지 않는다
편의점에서 커피숍에서 식당에서 강의실에서
전철에서 집회에서 댓글에서 드라마에서?
착하고 부지런하고 봉사적이고 긍정적이며
진취적이며 법 없이도 사는 사람
여전히 자애롭고 너그러운 얼굴이다
그 사람이 맞다면
돌아가서 악수라도 나누고 싶어서
걸음을 돌리려다 급 생각하니
여긴 지옥이 아닌가
저렇게 괜찮은 사람을 여기서 만나다니

떠돌이를 위하여

방랑자는 번역어 같아서
떠돌이로 바꾸어 쓴다
언젠가는 임제록을 뒷주머니에 넣고
리스본 뒷골목을 걸어가리라
선술집 다섯, 와인집 두어 개, 레스토랑 두 개
집 없는 사람들 모여서 소주 마시는 가게에 들어가
한 방울 가을비로 스미리라 리스본 말은 모르니까
한국어로 말하겠지 내가 한국사람 맞기는 맞냐?
임진왜란 때 파병되었다가 본진을 따라가지 않고
남겨진 왜병의 후손은 아닐까?

리스본 뒷골목에서 임제록은 답을 줄지도 모른다
뒷주머니를 챙기면서 소주를 주문한다
대한민국 변방 표준어가 표준을 상실하는 순간이다
부처를 만나면 부처를 죽이려는데 부처가 보이지 않아
애매한 것들만 죽이면서 살아왔음을
먼 나라 뒷골목을 떠돌면서 깨우치리라

제2부
시 같은 건 안 읽어요

당신

김소월로 살았던 김정식
이상을 연기했던 김해경은 궁금하다
임화로 살다 사라진 임인식도
내게는 뜨거운 미제로 남아 있다

미제(未濟) 없는 시인들은
궁금하지 않다
당신

이런 날은 말이지요

이런 날은 말이지요
실없는 몽상인 줄 알면서도
덱스터 고든의 비서가 되어
그의 색소폰을 닦아주고 싶소이다

남은 힘을 다해 겁나게 번쩍거리게 말이지요
누군가 그의 음악 한 소절에 얹혀
잠시 어디론가 흘러갔다면
그래서 괜찮았다면
여생을 바쳤던 내 공도 눈곱만큼 있기를 바라지요
이런 날은 2018년 10월 하고 며칠인지
딱 떠오르지 않는 그런 날
일없이 덱스터 고든 한 줄을 읽는 것으로
흥건하게 때웁니다

마을버스

상계역 출발 마을버스
11번을 타면
지구를 한 바퀴 돈다.

마르크스가 살던 집도 지나고, 해몽가 프로이트가 산보하던 길도 지나간다. 기사의 착각으로 멀리 돌아서 톨스토이역 앞을 지날 때도 있다. 톨스토이가 집 나와 떠돌던 역전 동네. 평생교육원 사회복지론 수강생 70대 여자들이 노숙자 실습을 하면서 포커판을 벌이고 있다. 백석이 큰 키로 빙긋이 웃고 떠난 자리에서 시인 김종삼이 장미파이프를 잘게 썹는다. 사채를 얻어 골목책방을 개업한 마르그리트 뒤라스가 버스에 오른다. 개업 특집으로 찰스 부코스키와 찰스 밍거스를 섭외한다는 동네신문을 읽었다. 찰스 특집이다. 그의 손에 들린 저녁거리 바게트 한 줄이 지는 해에 젖는다. 마을버스가 잔기침을 삼키면서 떠나가는 정거장엔 익명에 섞인 채 다른 노선을 기다리는 金冠植, 申庚林의 초상도 보인다.

봄날 해질 무렵이다.

시창작 강사진 라인업

그러니까 어떤 시론도 금세 물먹는
때가 귀신같이 와버렸다
우리는 다들 (나만일 수도) 새롭다는 착각에
붙잡혀 헛소리 하며 남의 삶을 살아내고 있다
그래서 하는 말인데 (듣는 사람은 없겠지만)
전국의 시창작 강사진은 전면 교체해야 한다

그래서 내가 강추하는 라인업
이종격투기 선수, 경제학자, 몽상가, 정신분석학자, 유튜버,
교정 전문가, 요리사, 홈쇼핑 호스트, 재즈 연주자,
IT기술자, 등단거부 청년
단, 등단 시인, 교수, 문학평론가 배제

그리고 게스트로는
탈옥수, 개그맨, 외계인, 조현병자, 백수, 조루증자,
스토커, 무학자, 양아치 경력자, 가끔 전직 대통령
불시착한 외계인

그러나 말도 안 된다고 손을 휘젓겠지
그런 위인만 빼면 성공적

이제와 새삼 이 나이에

최백호가 부르는 탱고 낭만에 대하여에는
원곡자가 편식하는 폐허가 흘러간다
어떤 나이 전부터 그 나이에 이르러서야
그 나이를 지나고서도 계속 그 나이 근처의
이끼 낀 낭만을 살게 하는 참 허무한 힘
소프라노 신델라가 함춘호의 기타에 섞은
낭만은 원곡보다 우수는 덜하지만
젊은 소프라노의 절박성은 더 진하게 울린다
최가 자기에게 부족한 클래식을 불러냈다면
신은 자기에게 없는 통속을 가장했기 때문이다
밤 늦은 항구 그야말로 옛날식 다방의 실없는 농담들
잃어버린 것은 그것만이 아닐 것이다

내게 없는 것마저 다 털리고 난 뒤
다시 살고 싶으신가?
선생, 약 먹었소?

별일 없는 거 맞지요?

가톨릭관동대학교
세 시간짜리 비평론을 대충 때우고
강의실을 나서는 내 모습을 본 사람 있을까요?
러시아형식주의가 어쩌구
구조주의가 어쩌구 하면서
내 등록금으로 쌓아올렸을 나의 모교
약칭 가관대학교 소나무 사잇길을 걸어가네요
멀리 바다가 보였던 강의실 건물에서
시방 나는 아무것도 보지 않고 있지요
한때는 시인이 되고 싶었고
한때는 전대협 끄나풀로 북한에 잠입했다가
붙잡혀와서 개처럼 두들겨맞아보는 꿈도 꿨지요
다 개꿈이었어요 이제는 그냥 아니오
나는 한 그루 소나무가 되고 싶소
소나무 사이로 불어가는 바람이고 싶소
구조주의자처럼 바람의 영도(零度)에 도달하면
그때 나는 시인이거나 아나키스트가 되고 싶었던
촌스런 벗들에게 강릉말로 연락하겠소
별일 없는 거 맞지요?

나는 이렇게 쓴다

빗방울 소리 듣던 지난 밤
나는 말이지 기차를 타고 지구 밖으로 나가
이름 없는 역에 내려 오래 걸었다지
깜빡 잊고 역명을 짓지 못한 그런 역 말이지
그곳에서 빗금을 그으며 내리던 비
다시 오던 구멍으로 돌아가고
세상 모든 외로운 구멍은 감쪽같이 메워진다
소설 속 인물들은 하룻동안만 소설에서 빠져나와
서로 수인사를 나누며 강하문에 모여
옆사람에게 빌린 촛불을 들고 있을 것이다
허구를 인정하라!
세 번씩 빠르게 외치고 그들은 해산했지만
다시 허구 속으로 돌아가지 못하고 떠돈다
그들 중 한 명이 지금 내 옆에 있다
나는 그를 안아준다
사랑한다 그 말밖에 줄 게 없지만
그마저 식기 전에 가져가라
힘껏 물든 은행잎길을 걸으면서
나는 이렇게 쓴다

사랑의 기쁨

파바로티의 고음에 깃든 애수
저건 뭐지 싶은 아침
내일은 11월이다
자기 시대를 빼앗긴 자들이
역사가 된 골목길을 어슬렁거리기 좋은 날이
오고 있는 거다
안녕하세요?
누구세요?
이 동네 살던 시쓰던 인간입니다
시는 모르겠지만 선생은 기억나는군요
고맙습니다
저는 시 같은 건 안 읽어요
행복하고 싶거든요
이사가셨나 봐요?
지금은 저세상에 있습니다
거기도 살만 하지요?
고민이 없다는 거만 빼면 살만 합니다
여기도 여전하군요

10번 종점

10번 종점에서 나는 기다린다
어제도 기다리고 오늘도 기다린다
10번 버스가 마을을 내려놓고
기사는 담배를 피운다
10번 종점에는 밥집도 있고
언덕도 있고 빈집도 있고
죽은 나무도 있고 믹스견도 있고
없는 것도 있고 새 마음으로
돌아와 연탄배달을 하는 인생도 있고
부서진 기타도 있고 그리움도 있지만
눈썰매를 타던 아이들의 머리카락은
어른이 되어서도 아직 바람에 날린다

10번 종점에 가면 시동을 걸고
하염없이 손님을 기다리는 버스가 있다
시간이 되어도 버스는 움직이지 않는다
버스기사는 평생의 꿈을 새로 꾸고 있다
흰손을 휘저으며 걸어오는 청년과
치통을 입에 물고 있는 아주머니
검은 봉지에 자기 해골을 담고 있는 노인남자들

나는 기다린다 10번 종점에서
지나간 것들
오지 않을 것들을

방 하나는 비어 있겠군

– 풀잎들

대학로 cgv 5관 c열 15번
관객은 네 명
2018년 10월 30일 화요일
16시 50분
러닝 타임 66분
홍상수의 22번째 영화
풀잎들

혜화역 4번 출구에서 900원짜리 아메리카노를 들고 홍상수 인물들의 불가피한 각자의 사정을 이해한다 저마다 다르고 저마다 틀리다 저마다의 평균값은 없다 그건 이데올로기다 겨울빛에 젖은 혜화동을 나를 의식하며 걸었다 나도 엾혀사는구나 이 햇빛 저 어린 목소리 아메리카노 전철의자 시한 줄에 붙어사는 거지 후배여자에게 방 한 칸 빌려서 엾혀 살고 싶은 영화 속 퇴물 배우 기주봉처럼 보기 좋게 퇴짜 맞는 그처럼

요즘 페소아를 읽는다며?

마음 밑바닥을 긁어대더니
한 겹 더 걷어낸 속살을 지긋이 긁는
저음부를 골라 듣는다 첼로
하마터면 울뻔 했다
울고 싶었을 것이다
능청스럽게 자판을 두드린다
툭 하면 들었던 선율이지만 곡명은
생각 근처에 없다
그런 것은 중요하지 않다
이제는 중요하지 않은 게 중요해졌다
헛일 헛수고 헛짓거리 헛걸음 헛지랄 헛꿈
모든 헛을 사랑하게 된 나를
나는 또 헛되이 주무른다
참된 것은 버리기로 함
참말 참사랑 참말씀 참깨 참이슬
한동안 뜸했던 너는
요즘 페소아를 읽는다며?

밤

자고 나면 내일이 올 것이다
내일보다 먼저 오는 것도 있다
모레 글피 그글피 그그그글피
잠들기 전에 오는 것도 있다
꾸기 전 꿈의 밑그림
한국전쟁 때 잃어버린 구식 소총
임진왜란에 조선 수군으로 참가하던 일
신석기시대 동굴에서 꺼진 불 되살리던 입술
미처 살지 못한 여백들이 온다
팔을 벌리고 그것들을 안아 본다
한 팔 가득 안겨 오는 뿌듯한 생
지금도 오고 있는 것들이 있다
날마다 오는 것들이 있다
내가 오고 네가 오는 밤의 가로등 밑
시월의 막밤을 봉투에 넣고
비닐 테잎으로 봉하면서
미개봉으로 세상에 엎드린 꿈을 꾼다
넉넉하게 웃으면서 라디오를 끄고
뭐 더 끌 것이 없는가 살펴본다

쌍문역 밤 열 시

왜 그런 거 있다
제목은 와 있는데 시는 오지 않을 때

정신 놓고 기다려보는 시간들
쌍문역에 내린 적은 없어도
늘 그러고 싶은 마음으로 지나간다
쌍문역 근처를 지날 때마다
밤늦은 전철은 과장되게 덜컹거리고
나는 아무 사연 없이 출렁거린다
그때마다 나는 모든 생각을 끈다
이거 너무 시적인 거 아닌지
삶은 소대가리가 웃을 일이 아닐지
밤 열 시 쌍문역 근처를 지나가는
나의 마음풍경을 써봐야지
그러면서 또 그냥 지나간다
쌍문역 밤 열 시
꼭 뭔가 있을 것 같은 조바심을
나는 끝내 이기지 못할 것이다

빙그레 웃는 일

작은도서관 수업 있는 날
저녁 일곱시에 나는 현장에 나타난다
비서나 수행원은 물론 없다
문학에 대해 세상에 대해 주로 내가 모르는
일들을 발췌해 안다는 듯이 대충 떠들 것이다
나의 헛소리를 듣기 위해
사람들이 구름처럼 모여들지 않을까
지각한 몇몇은 그냥 돌려보낸다는 상상력
지난 주는 1명 왔고 이번 주는 0명이 왔다
0명은 너무 많다 감당할 수 없는 파도다

혼자 빙그레 웃고 있는 사이 주최 측에서
그만 끝내시지요 그런다 끝내주는 멘트다
시작도 하지 않았는데 끝낸다는 말
내 생애 최고로 화려한 대사였어라
서점 시집들 앞에서 모르는 시인이 많아
허리를 펴고 빙그레 웃던 일이 떠올랐다
해석하지 말자
빙그레 웃으면 될 일이 자꾸 늘어난다

시는 각자의 헛소리

내 시에 누가 의견을 달아놓았다
악플이다 고맙습니다 진심
그것도 귀하게 얼른 눈에 집어 넣는다
악플러는 좋은 시가 있다는 문학사의 환청에
시달리는 구식 문학주의자일 것이다
사랑스럽다
넘치도록 나는 존중하겠다

어제는 부람산 둘레길을 횡단하고
산 밑 절에서 비빔밥을 얻어먹었다
연등 아래 나타난 보살과 어린아이들이
줄줄이 핀 금낭화처럼 반짝거렸다
비빔밥이 시고 미역국이 시고
툭툭 잘라놓은 붉은 수박이 시였다
산바람 섞인 일회용 커피에도 반 배
시를 쓰기 때문에 시인이 아니라
뭇언어에 진심이 꽂힐 수 없다는 사실을
눈치챈 사람이 시인이 아닐까? 이상
구식 시인의 재량으로 떠들어보았음

시 비슷한 것

시 비슷한 것
나는 그것에 전념하리라
시가 아니라 오로지 시
비슷한 것만이 나의 것이다

바람 불 때마다
다시 태어나리라
이슬비로 가랑비로
정선 구절리 오장폭포로
내 집 앞에 나앉은 거지로

한 푼 줍쇼

두 가지 착각

시집을 납품하는 것은
폐지를 생산하는 일이다
누군가는 누구처럼 밤잠을 설치면서
말도 안 되는 문장을 볶아대고 있을 거다
너무 좋아요
감동의 완전 물결이에요
일말의 폐지를 넘기면서 속아주는
독자가 있다면 한없이 미안하다

특히 두 가지 착각
첫째, 자기 시를 누군가 읽어주리라는 착각
둘째, 시로 누군가를 위로할 수 있다는 착각
착각
착각
이 밤을 도와 폐지생산에 여념이 없을
나의 옛전우들에게
이 페이지를 제출한다

불멸의 시

손끝으로 살지 않고 몸 전체로
살아가는 사람들이
시보다 더 쎄다

무명용사, 댓글부대, 아파트 계단 청소하는 나이 든 여자,
매일 여학교 교문으로 출근하는 바바리맨, 치매부인을 목졸
라 죽인 70대, 극단하려고 옥상으로 올라가다가 전화받고 다
시 내려오는 중년 남자, 정치가, 사기꾼, 밤전철에서 모르는 여
자에게 귓속말 하는 남자, 자기를 꼭 시인이라 소개하는 사
람, 소주도 마시고 맥주도 마시는 투잡 인생, 한글을 만들어
주신 맥아더장군에게 감사한다는 청년, 한낮에 태극기 들고
가는 취업준비생, 굶어죽은 탈북자, 전철 임산부석에 앉은 남
자, 마침내 대통령 출마를 고민하는 고물상 내 친구

다들 각자의 자리에서
돌이킬 수 없는
불멸의 시가 되는 거다

오십이야

요양원 침상
면회 온 아들이 아버지 앞에 앉는다

티비는 외야 플라이를 쳐놓고
서서히 죽어가는 타자를 잡고 있다
이렇다 할 내용 없는 시간이
구경하듯
모여든다
아들에게 봉투를 내밀면서
아버지가 사극체로 말한다
가져가거라
(전염된 듯) 아니옵니다
(다소간 높은 톤으로) 가져가라니까, 오십이야

아버지 대역 93세
아들 대역 67세

제3부
마치 살아있다는 듯이

새벽 세 시

국영라디오의 클래식 채널
정만섭의 명연주 명음반이 재방된다
이 시간까지 시를 쓰고 앉아 있다
이런 순도 높은 생거짓말이 나는 좋다
(근면, 자조, 협동
시는 그 옛날 새마을정신과 유사하다)

여러 겹의 괄호로 묶인 새벽 세 시
잠들지 못하고 있는 이 들녘은
밤마다 처음 가보는 외국이다
누군가 문득 깨어서 무모하게
자기 삶을 반성하는 기척

부서진 바다 앞에서

부서진 바다 앞에서
전속력으로 튀어오르는 물방울
흰 조각들 손으로 받으면 바다는 바다
흰 파도는 흰 파도 물방울은 물방울이다
바다에서 돌아서니 물방울은 물방울이 아니고
바다는 바다가 아니다
흰 파도도 흰 파도가 아니었다
그것은 무엇이었을까

흰 파도 이전
바다 이전
물방울 직전
흰 파도가 전면적으로 부서지며 등을 때린다
이건 흰 파도가 아니다
파도라는 말 속으로 들어오는 건
파도가 아니라 파도의 흔적
흔적뿐인 그 말
그건 파도가 아니었어
물방울도 아니었어
바다도 바다가 아니었어

내가 내가 아니듯이
내가 나의 흔적이듯이

다짐한다

누구처럼
솔직하게 살지 말자
다짐한다
입술에 남은 애드리브 흔적
손으로 문지르고
나는 잠든다
누가 깨워줄까

우리 어디서 본 적 있나요?

－장률의 군산 뒤끝

상계동을 걸어가다가 아무나 붙잡고
물어보시라
혹시 우리 어디서 본 적 있나요?
글쎄요, 처음 보는데요
대답이 낯설어서 약간 의심하는 눈길로
상대방을 쳐다본 적 있다면 당신은
어디서 본 듯한 내 동지가 틀림없다
초면일수록 어디서 본 듯한 그 느낌을
어떻게 지우지?

태극기랑 성조기를 배낭에 꽂고 충무로역 긴
환승계단을 오르던 남자도 꺼진 촛불을 들고 있던
미혼모도 어디서 많이 본 듯 했다
진보진영 명배우가 해병전우 복장으로
골통 보수역을 연기하는 장면은
자기 안에 기생하는 보수성에 대한 인증샷이다
좌우 한몸이 서로에게 묻는 방식
우리 어디서 본 적 있나요?
조선극장 f열 한500번이었을 거외다

속지 마시오

내 시에 아무것도 없어요
정말 없음(이라는
내용증명을 첨부할 수도 있음)
수 쓰는 말이 아니라
정말 쥐뿔도 없으니
속지 마시오

문 앞을 지나가는 바람소리
뜬구름 마시고 트림하는 소리
자정 부근에 빗소리
창문에 닿았다 미끌어지는 소식
그런 거밖에 없는 시
그거 읽겠다고 내 시
읽는 사람은 바보거든
멍청이

마치 살아있다는 듯이

아침에 읽는 소설

줄거리도 없고 구성도 없고
대사도 없고 등장인물은 시인 한 명
그가 책상 앞에 앉아 있다
책상에는 이렇다 할 물건이 없다
저런 인물은 문학관을 만들어도
집어넣어줄 잡동사니가 없어서 좋겠다

그 흔한 노트북
그 흔한 시집들
그 흔한 문학상
그 흔한 에피소드
그 흔한 고민
그런 것들 하나도 없다
첫 페이지가 끝 페이지이고
끝 페이지가 다시 시작하는 페이지인
소설의 원전을 읽는 아침
작중현실로 들어오지 못하고 남은 현실로
한 남자가 생경한 문어체로 걸어간다

당신의 이데아

지금 어느 행성에선가 분명히
시를 쓰고 있을 당신

당신의 시는 당신의 이데아
나는 누구도 존경해보지 못했지만
한 줄도 쓰지 않고 다른 행성으로 이사 간
당신만은 따지지 않고 리스펙트한다
그가 삼킨 행간이 넓고 깊어서 날마다
아득해지기 때문
쓰고 지운 흔적이 빛나기 때문
악착같이 검색되지 않는 영원성 때문
그대는 날마다 내 옆에 있으시고
웃는 얼굴로 전철 옆좌석에 앉으신다

당신
당신이 진짜 시라고 말하려는 게 아니라
이제야 그걸 눈치 챘다고 당신에게
조용히 찔러드리는 것임

내가 그대를 사랑했다면

내가 혹시 그대를 사랑했다면
사랑?
사랑 같은 소리
골프채로 이 놈의 사랑을!
이 대목에서 약간 놀라면서 사랑을
다른 말로 바꾸려다 바빠서 통과한다
다시
내가 혹시 그대를 사랑했다면
사랑은 아무래도 그렇고 그렇다

저 사랑이라는 말
매사가 시들해진 노년 같은 말을
다른 말로 고치기는 고쳐야겠는데 일단
새 말이 올 때까지 빈 칸으로 남겨두자
다시 한번
내가 혹시 그대를 사랑했다면
아니다 아무래도 아니다
사랑이라는 말의 대체어를 찾지 못하고
생각은 맨발로 사랑 주변을 떠돈다
마침내 기표 없는
기의

극지

극지의 갓길을 산책하고
철학자가 쓰다 던져둔 시 한 줄 고치고 있다
음악이 없는 영화가 있고 자막이 없는
현실이 있어서 좋다
영화관 구내에 꽂혀 있는 시집들처럼
한번도 읽힌 적 없는 시를 걸친 사람들이
그저그런 커피를 마시며 영화 속에서
영화를 기다리는 게 오늘 나의 영화다
바람이 불든 말든 극지는 극지
시인들이 민주애국당 당사에 모여
노벨문학상 수상 기원 북콘서트를 열고 있다는
한 줄 뉴스가 지나간다
여기는 대안민국

인문학적인 밤

이슥한 밤
2차로 옮겨가는 초가을 건널목

과속하던 차에 한세상 건널 뻔한 취객
한남이 허공을 찌르며 쏘아올린 대사는
야, 이 개천사 같은 놈아

길 가던 사람 두엇
정신의 안쪽에 실금이 갔을 것이고
중앙동주민센터 앞 허공은 쫘악 갈라졌다
다음 날 주민센터 무기직 공무원이
그 자리를 시멘트로 대충 발라놓았다는
후문을 믿는 건 전적으로 당신의 자유다

시집은 얇다

시집은 얇다
두꺼우면 시집이 아니다
시집은 얇다
얇아야 시집이다
두꺼운 시집은 읽지 않는다

두껍다는 것은 생각이 두껍다는 뜻이고 생각이 두꺼우면
시가 두꺼워진다. 시가 두꺼우면 생각도 두꺼워지고 시집도
두꺼워진다 시집은 얇아야 한다 두꺼운 시집은 시집이 아니
다 소설도 아니다 소설이 얇으면 소설이 아니고 시집이 된다
얇아야 할 것이 두껍고 두꺼워야 할 것이 얇다면 문제다 두꺼
우면 생각이 무겁고 생각이 무거우면 비위생적인 중력이 생
긴다 시집은 얇아야 읽기 좋고 안 읽기도 좋고 기억하기 좋고
주머니에 넣기 좋고 선물하기도 좋고 버리기도 좋다 시집은
이유 없이 얇아야 한다 두꺼운 시집은 반동이다 두꺼운 시집
을 읽다가 당하지 말고 얇은 시집을 읽자 1000페이지 넘으면
시집이 아니다 시집은 무조건 얇다 얇은 것만 시집이다

수신자 없는 편지

저녁은 고등어조림, 배춧국, 김치 겉절이
이만하면 오늘 저녁도 웬만하다
그 옆에 읽다가 엎어둔 제프 다이어
뒤집어진 양말 한 쪽
다른 한 쪽은 보이지 않는다
무엇이 어디에 있건 궁금하지 않다면
당신도 대충 도인의 경지가 된 것 아니겠소
시인의 헛소리는 읽지 않아도 좋다는 친구와
악수하면서 헤어지고 돌아와 몇 문장
헛소리를 작문한다
주파수를 못 찾고 주절대는 라디오에서
여러 방송이 한꺼번에 잡혀온다
혼선 중인 저 고물 라디오와 나는 절친
분명한 소리를 발신하고 싶지 않은 것
분명한 소리를 의심하는 것
이런 밤에는 수신자 없는 편지를 쓰게 된다
단 한 구절도 오해하지 않을 당신
그런 비인간(非人間)에게

그대에게 가는 길

그대에게 간다
그냥 갔다가 그냥 온다
햇빛도 데리고 바람도 데리고 가지만
올 때는 그림자만 데리고 온다
그대에게 가는 날은
그대가 없는 날

그대가 없는 줄 알면서
빈손 휘저으며 가고 또 간다
여기 살던 사람 이사 갔음
그대 집 현관에 써 붙인 글씨만 읽고
돌아오는 길
뭐 그런 거지
휘파람 크게 휘휘 불었다

눈발 날리는 정도로만

눈 오는 강원도를 향해 떠난다
아무도 모르는 이 장면
나는 나도 모르게 없는 듯 있는 듯
나의 시 뒷길로 지나간다

면온을 지나가고 있는데 글쎄
눈이 오는 거다

눈발이 날리는 정도라고 말한
기상 캐스터의 표현은 어긋나지 않았다
눈발 날리는 정도로만 사는 것도 옳다
개지랄을 떨면서 당선되고 교도소 가고
종일 검색어 1위에 오르내리고
각자 재연배우의 자리에서 떠들어댄다

허공에 숨어 있다가 제 차례에 맞추어
춤추듯이 눈발 날리는 정도로만
살자

꿈 이야기

그는 손짓까지 섞으면서 열심히 말했고
나는 고개를 끄덕이며 오래 들었다
멀리서 보면 괜찮은 그림이다
계절은 시월 중순 쯤
시간대는 오후 세 시 앞뒤
사람 뜸한 공원 벤치
벤치 한 켠에 소품으로 소주병
하나쯤 뒹굴어도 괜찮겠지
그가 무슨 말을 했는지 다 지워졌다
꿈 이야기다

文學評論家였던 그에게서 내가 넋놓고
듣고 싶었던 말은
이보게, 우린 다들 자기 말에 속는 거지
안 그런가? 쓸쓸한 노릇이야
꿈밖으로 퇴장했던 그가 꿈속으로 다시
들어와 내 손을 잡고 했을 법한 말이다
깬 꿈 다시 깬다

천당

친히 정성일의 천당의 밤과 안개를 보시고
전철 한번 갈아타고 입 다물고 집으로 왔다
러닝타임 234분

밤이었고 안개 자욱한 구름의 남쪽에서
핸폰의 정보가 싹 지워지는 느낌
그순간 나는 시원했을 것이다
나를 찍는 카메라는 어디 있는가 두리번거린다
삶은 어떻게 살아도 삶이겠지
내 질문에 내가 대답한다
너무 잘 쓴 시처럼 한심한 건 없다
편의점에서 생수를 마시며 일어난 생각
정신 멀쩡한 인류가 어디 있겠느냐
제각각 자기의 외마디를 건너가는 거
맞지 않아요? 아닌 사람은 가던 길 가시고

서울 아트시네마 y열 9736번
무술년 12월 18일 18:00시
그날밤 그 자리에서 나는 특별상영되었다

폐닭

나는
1953년생
바야흐로
폐닭이 되어
아직도
시를
무슨 쓰겠다고
노트북을 열었다
닫았다
쉰내 나는
생각을
깜빡거리는데
1명 남았던
독자는 어제
아프리카로
이민 갔다
더러운 나라
안 살겠다고
떠나갔다
더러운

나라에 남아서
본의 아니게
더러운 시를 쓰고
더러운 여생을
살게 되었다
시라는 것은
말하자면 시는
진실로 더러운 것이다
당신이 더럽다면
당신도 이미
시의 일가를
이룬 것이나
다름없다
좀더 분명하게
말하겠다
시는 그런 것이다
저 밑에 댓글
쓴 사람
대체로 당신이
진짜시인이다

분발하시라
고물 노트북
뚜껑 사이로
이가 맞지 않아
헛소리가 샌다
지루하다
내 시

제4부

추억은 물티슈로 지운다

밤 주막

제목만 남겨놓고
추억은 물티슈로 지우는 밤이다

거의 봄

앙리 마티스의 나무의자에 녹색
블라우스를 걸친 여자가 철지난
관념을 걸쳐놓고 턱을 괴고 있는 겨울날
저 블라우스의 인문학적 구김살을 바라보며
브라질 산토스를 마신다네
대륙 하나를 다 삼켜버린 허황스러움의
뒤끝이 몹시 겹다네

누구에게도 들키고 싶지 않은 마음결을
손끝으로 밀어내면서
베트남제 커피잔에 묻은 철학을 닦는 것은
지금껏 간직해온 유일한 나의
취미 그러므로 나는
조금만 웃는다네

내가 전화를 거는 곳

내가 전화를 거는 곳은
없는 번호이거나
모르는 사람이다
어떤 번호는 전화를 받고 말이 없고
어떤 번호는 밤새도록 신호만 간다
쏟아지는 빗소리를 배경음악으로
들려주는 전화도 있다
전화가 없었다면 참 외로웠을 거다

잠시

나는 잠시 언제나
잠시만 믿는다

잠시 웃고 잠시 울고 잠시 죽는다
예고편만 본 영화가 그렇고
길에서 잠든 고양이도 잠시다
잠시 눈을 감는다
잠시 생각을 접는다
꿈도 반으로 접는다
나는 잠시 당신에게 깃들었던
쓸쓸함이요 엉터리요 객담이었소이다
당신 생각
내 생각
허접한 철학
그 모두가 잠시
정말 무서운 잠시
나는 그게 좋다

차를 따르는 노소설가 앞에서

노소설가는 스무살 적부터 애독해온 분
지금은 소설을 쓰지 않고 차를 따르고 있다
차를 따르는 그의 손이 조금 떨려서
놀란 것은 아니다
그분이 소설을 쓰지 않는다는 사실도
더 이상 놀라운 일은 아니다
차를 따르고 있는 그분 앞에서
그리웠던 한 세계와 대면하고 있다

한 잔 하시게
별 말씀 없이 속으로 웃으신다
간만에 자신의 소설 속에서 빠져나와
차를 따르고 있는 노소설가를 바라보면서
그분의 픽션 한 장면으로 들어가고 싶다
이게 소설이지 싶을 때
천천히 논픽션 속으로 되돌아와
김이 오르는 저 찻잔을 들어도 괜찮겠다

삼척 산불

삼척에 산불 났다는 뉴스를 보고 그 동네서 소설가 대역을
맡고 있는 친구한테 전화했다. (예의상 조금 더듬거리며) 혹
시, 자네 아닌가? 뭐가? 산에 불놓은 작자. 미쳤느냐, 내가. 여
기까지는 팩트이고 이후는 팩션이니 알아서 읽는 것이 독자
제현의 명랑함이 될 것이다.

내가 원한 건 이런 대답이다. 눈치 채셨구나. 자네만 알고
있어. 나도 그런 식으로 내 속의 잔불을 정리하고 싶었다. 그
게 그리 잘못 됐니. 잘하는 일에 못을 박으면 그게 잘못이지.
아재개그에 각자 너털웃음.

이 시는 여기까지.

밤

안목 커피집에 앉아서
전진한다
밤

조금 무모할 때만 빛나는 게
바로 내 삶이다
허술하게 허무하게
이게 아니어도 될 때까지만
삶은 나를 도발한다
믿지 않겠지만 나의 사정은 그러하다
필경사의 운명으로 시를 쓰고
바틀비의 세계관으로 세계를 본다
밤

전진만 있다
파도가 밀려와 부서지고
다시 밀려와 처음처럼 부서지고
이를테면 그게 일이고
말하자면 내 방식의 초월이 된다

그분 아직 살아있나요?

오래 전 우주정거장에서 만난 사람
악수하고 아무말이나 주고받는다
얘기 끝에 그의 입에서 튀어나온
문장 하나가 꼬물거린다
그분 아직 살아있나요?

그가 놀라는 바람에 나도 놀랐다
그렇게 말하는 형제도 오래 전에
자신이 죽은 줄 모르고 있었다
서로 귀신인 채로 가끔 보자면서
이사 간 동네를 알려주었다
달의 뒤편 신도시였다

쓸쓸합디다

재연배우 1명 상계동을 걸어갑니다
서점에 들어가 책을 보기도 하는군요
하늘을 쳐다보기도 하고 하늘보다 먼 데를
오래 보기도 합니다
몸에 잘 밴 연기이군요

그가 특히 잘 하는 연기는 행인 배역
무심한 표정과 무심한 마음으로
휘적휘적 팔을 저으며 방향 없이 걸어가는
연기는 업계가 인정하는 공인된 수준이지요
촬영이 끝나고 하루가 저물면
그는 분장을 지운 얼굴로 혼자
조용히 울 때도 있다네요
대본에는 없지만 가끔
자기를 위해 큰소리로 울기도 한다더군요

상관없어요

너무 애쓰지 마요
문제의 본질이라고 하셨는데
깨놓고 말해서 본질 같은 건 없어요
책을 뽑아들고 서점에서
몇 줄 꺼내 읽어보셨는지요
개털이 된 느낌
고요한 서점이 더 큰 세속이더군요
설명이 필요없잖아요

나는 가끔 서점에 가요
복잡한 서가 골목에서 길을 잃고
끈 떨어진 중처럼
서성대는 본인을 데리러 가지요
집으로 가세
번쩍거리는 양장본들
여기는 그대가 있을 곳이 아니라네
그렇게 타이르면서

모닝빵

라캉의 에크리 번역본
1092쪽짜리 벽돌
불란서에서 모닝빵처럼
팔려나갔다는 소문의 그 책
내 책상에 있다

정가 13만원
미쳤나 봐
모닝빵 좋아하지도 않으면서
제값 다 주고 샀다는 거
나는 저 책을 읽지 않을 것이다
지금 너무 나는 제정신이므로

아무튼

상계역 뒤편
이면도로
내일이면
폐업할지도 모르는
커피집 앞
버스 정류장
서른 해쯤 살았을라나
며칠 더 살았을라나

한 손에 수선화
할인매장에서
새로 산
봄코트를 걸치고
봄바람처럼 서서
약간
망설이는 여자
잘 살기를 빌며
지나간다

데리다의 가족

데리다의 가족은 데리다의 책을
한 개도 읽지 않았다지
그렇겠지(반복) 천천히 되뇌이며
예수가 왔던 저녁을 지나간다
이런 날은 무얼 먹지?
치킨, 짬뽕, 냉면, 삼겹, 장칼국수
생각나는 게 다 이런 골목이다
이렇게 들키는 거지 뭐

저녁을 성스럽게 데우고 싶다
머리맡을 적시는 저 캐롤 한 접시에
살갗을 저민 소스를 얼른 뿌려야지
잠시 눈 감고
포크로 한 점 집어올리면
소나 개나 간다는 천국은 패스
포크가 들락거리는 내 입 속이 천국이라니
놀라면서 거듭 놀란다
나도 내 시 거들떠보지 않는다우

생생하기를

내 작업실은 리스본에 있다
페소아로 83길 9-7
날마다 항구를 걸어가서 해장국 떠먹고
잘못 날아온 갈매기의 안부를 듣는다
어부의 곁에 앉아 그물손질을 도우며
잘못했다는 나무람을 들어도 싸다

저녁이면 선술집에 나가 풋안면 녹이는
뱃사람들 어깨너머로 참다랑어 얘기를 들으며
늦밤 선창가에 내리는 빗소리에 기대면
몸도 마음도 지나가다 되돌아온 꿈
당고개행 전철이 달려가는 밤
나무책상 위에 널브러진 책처럼 살다간
독립문학자의 낱장 같은 생이
생생하기를

시는 읽고 버리는 것

시는 읽고 버리는 것
시는 쓰고 버리는 것

이론의 여지가 없다
앤디 워홀의 팝 아트처럼
보고 버리면 된다
말도 안 된다
어떻게 그럴 수 있단 말인가
그것도 시를
시를
시를
결사 반대
그래선 안 된다고 주장하는
당신부터 특별 폐기 처분

쓸 날이 많지 않다

시라고 쓰면
보여주고 싶은 사람이
있다
죽여주는군요
이렇게 말하는
사람이 아니라
입서비스 없이 직빵으로
말해주는 사람

꼭
시처럼 쓰셨군
정신 못 차렸음이라
이렇게 질러주는
선지식의 할(喝)이 필요하다
아내가 그런 배역을 맡기도 한다
시를 우습게 보면서
시 저쪽 그늘에서 관절을 주무르던 보살이
급소를 찌를 때도 있는 법
그만 써요
넵

인터뷰

내가 니 에미다

숨 쉰 채 살아있다

◗근황은 어떤가. ▽근황이라 할 만한 근황이 없다. ◗그래도 숨은 쉴 게 아닌가. ▽마스크 쓰고 숨쉰 채 살아있다. ◗중국 발 우한 폐렴에 대한 시인의 입장은 무엇인가. ▽입장은 없다. 마스크 당하는 사람의 입장만 있다. ◗무슨 말인가. ▽우리는 시민 단계로 가보지 못한 채 '친애하는 국민 여러분'의 단계를 반복하고 있다. 마스크 쓰라면 마스크 쓰고 손 씻으라면 씻고, 집에 있으라면 집콕한다. 국민은 계몽과 통치의 대상일 뿐이라는 거다. 유사 민주주의. ◗모두 역병에 걸려도 괜찮다는 말인가. ▽그런 저질스런 질문엔 대답하지 않겠다.

시가 싫어질까 봐 걱정

◗이번 시집은 몇 번째인가. ▽12탄이다. ◗앞 시집과의 터울은 얼마만인가. ▽터울이 무슨 의미가 있는가. 3류 학자 같은 질문이다. ◗시를 쓸 때 시집의 터울을 계산에 넣고 쓰는

지 묻는 것이다. ▽피임은 하지 않는다. ◗한국문학이 매우 산만해 보인다. ▽그렇다. 매우 자연스러운 현상일 뿐이다. 혼란스러움이 문학이 노는 공간이다. 비질해놓은 절집 마당 같은 현실은 문학이 다리 뻗을 자리가 아니다. ◗동의하지만 다른 때보다 더 혼란스럽고 뭐가 뭔지 더 모르겠다. 문단문학, 저널의 권위, 다양한 출판 형태, 등단 제도, 장르 혼접 등등 누구도 장악할 수 없는 시대가 와버렸다. 독자들은 각자의 계정을 가지고 목청을 높이고 있다. 존경받을 만한 원로가 있고 그분의 기침소리에 각자의 문학을 조율하던 시대도 아니고, 정기구독 받아 잡지를 발간하면서 문학의 흐름을 주도하는 척 가식을 떨던 시대도 지나갔다. 어떤 문인은 서른 이전에 문단을 주도하고 대가급 영향력을 행사하며 장기집권하기도 했다. 이후 세대는 불행하게(다행스럽게)도 그런 행운을 상속받지 못했다. 그날 벌어 그날 먹는 일당 형 기능직 문인으로 급전했다. 같은 말을 반복하자면, 이제 문학잡지는 무용해졌고, 등단 제도도 녹물이 새는 상수원 파이프 같아졌고, 비평은 잡지의 깔맞춤이 되어 버렸다. 문학보다 더 재미있는 게 많다는 걸 독자가 눈치챈 지도 한참 되었다. 어느 날 문득 코로나 블루, 팬덤정치, 방단소년단, 미스터 트롯, 2차 재난기금 등의 시대가 밀려왔다. 당황스럽다. 전제가 길었지만 이런 시대를 당면해서 문학은 무엇을 해야 하는가. ▽나로선 할 게 없다는 게 정직한 대답이다. 대답을 아는 분들에게 물어라. ◗시인으로서 무책임하지 않은가. ▽책상 앞에서 밤낮으로 자판을 두드리고 있는 사람에게 무슨 책임을 요구하는가. 그건 시쓰는 존재에 대한 모욕이다. ◗앙가쥬망에 관심이 없다는 뜻으로 해석되는군. ▽견적이 커지는 애기는 하지 말자. 앙가쥬망은 체제 밖에서 체제를 향하는 삿대질이다. 체제의 품에 안겨 체제를 거드는 문학과 문학 외적 행위는 정권의 백댄서다. 더는 묻지 마라. 나는 모른다. ◗주목하는 후배 시인은 있는가. ▽용서해준다면 용어를 수정하겠다. 후배시인이라는 워딩은 30대 시인이나 40대 시인이라고 고쳐 말해야 윤리적으로도 옳다. 적어도 나에겐 그러하다. 시는 '내가 홀로 있는 방식'이다. 아무도 주목하지 않으려는 작업. 나는 나를 주목하기에도 힘이 부친다. ◗일상의 걱정거리는 어떤 것인가. ▽한두 가지가 아니다. A4 용지 두어 장은 채울 수 있지만 생략한다. 당신이 내 일상을 관음할 필요는 없다. ◗독자를 위한 자기 개방도 필요하지 않은가? ▽나는 독자가 없다. 독자는 시를 읽으면 된다. 한 가지는 말할 수 있다. ◗그거라도 말해 달라. ▽나는 시가 싫어질까 봐 걱정한다. 시를 쓰지 않게 되는 것이 걱정이 아니라 시를 쓰지 않아도 아무렇지 않게 되는 것이 걱정이다. 문학적 우울증이다. 지금 그 단계다.

후쿠오카: 병신같이 또라이같이

◗하루 중 아끼는 시간대는 언제인가. ▽아침에 눈뜨고 책상 위에 커피를 올려 놓고 있을 때다. 책상 위에는 아무것도 없어야 한다. 사유의 영도처럼. 그리고 저녁 여섯 시. 전기현의 세상의 모든 음악의 오프닝이 열리는 순간이다. ◗음악을 좋아하시는군. ▽나의 대답은 언제나 '좋아한다기보다는' 이

다. ♪말장난이 아닌가. ▽지금 언어와 문자에 대해 딱 주사파처럼 말하고 있다. 문자는 문자의 내용을 가지고 있지 않다. 잠깐 어떤 의미를 수탁할 뿐이다. 더 이상 말하면 거덜이 나기 때문에 이 문제는 여기까지다. ♪우리 나이로 몇 살인가. ▽육십팔 살이다. ♪육십팔 세면 다 산 것 아닌가. ▽그렇다. 그런데도 덜 산 부분이 있는 거 같다. 삶의 함정이다. ♪그동안의 삶이 성공적이라고 생각하는가. ▽별 더러운 질문을 하세요. ♪먼저 질문은 취소한다. 세상에 무엇을 남기겠는가. ▽(웃으면서) 내 뼛가루다. ♪최근의 당신을 위안하는 소일거리는 어떤 것인가. ▽주말 자정에 재즈수첩을 듣다가 깜빡 조는 것. 정신 차리고 급 후회하는 일이다. 듣고 싶던 음악 두세 곡이 지나갔다. 생애를 관통하는 어이없는 일이다.

♪당신은 장률의 후쿠오카를 보았을 것이다. 안 보았다면 당신이 아니다. ▽2020년 9월 10일 목요일 12시 대한극장 5층 9관 D열 3번에서 봤다. 관객은 50대 후반 여자와 나 둘이었다. 별 다섯 개. 기립박수. 장률 영화의 지속이자 업데이트였다. 영화가 끝나면서 후쿠오카로 가고 싶었다. 권해효의 술집, 윤제문의 헌책방, 박소담을 한자리에서 만나고 싶다. 슬픈 영화지만 숨도 쉬지 않고 보았다. 68세의 남자를 붙잡는 이건 뭘까. 좀 알려주시면 후사하겠다. ♪자신도 또라이라는 의미가 아니겠는가. ▽병신같이 사는 거지. 박소담의 말처럼 너무 긴장하고 사는 건지도 모르겠다. 긴장할 내용도 없이 긴장하며 사는 내가 등신이겠지. ♪28년 전에 사랑했던 여자를 못

잊는다는 스토리는 그럴 듯 하다고 보는가. ▽가능하다고 본다. 등장인물 권해효와 윤제문의 무의식을 보면 충분히 그렇다고 본다. 나는 그 증상을 각자의 망상이라고 부르겠다. 평생 시인 코스프레를 하는 것과 다를 게 없다. ♪▽ (둘이 같이 웃음) ▽두 남자를 연결시키고 싸우게 하고 말리고 놀리는 여자 박소담은 매력적이고 신비하고 신기하다. 그녀가 28년 전 두 남자를 사랑한 후쿠오카 출신의 순이가 아니겠는가. 영화를 만든 장률의 영화적 멘탈리티이기도 하고. 크레딧이 올라갈 때 영화를 한꺼번에 감싸면서 함축하는 음악도 절경이었다. 들국화의 아침이 올 때까지였다. 후쿠오카의 절정은 여기였다. 영화를 보고 들국화를 들을 때와 그냥 들을 때의 음악은 같지 않다. 나는 들국화를 건너뛴 세대다. 한국이 민주주의를 생략하고 부조리에 취한 나라이듯이. ♪여전히 대한민국은 민주화 중이라는 말이겠지. 후쿠오카에 대해 남는 말은 없는가. ▽영화가 끝나고 가슴이 덜렁거려서 우동 한 그릇 흡입하고 남산 한옥마을을 산책했다. 권해효의 술집 벽에 붙어 있던 윤동주의 자화상이 남산에서 다시 낭독되는 환상을 즐겼다. 그제서야 영화가 내게서 멈추었다. 박소담 닮은 여자가 마스크를 쓰고 남산국악당 앞을 지나갔다. 기념으로 시 한 편 썼다. ♪후쿠오카를 본 뒤 쓴 시인가. ▽영화와 관계없이, 영화를 보기 전날 썼다. 오해는 다른 오해를 낳는다. ♪당신 스타일을 빌려 겉멋으로 얘기하자면, 모든 오해는 가장 극적인 이해다. ▽겉멋이 있고 참된 멋이 있다는 분별적 허위에 속지 말자. ♪당신의 후쿠오카를 들어볼 타이밍이다.

손없는 날 저랑

후쿠오카 가실래요?

거긴 왜요?

하늘이 좋을 것 같아서요.

제정신이세요?

또라이지요.

후쿠오카 형무소 영업할까요?

그건 모르겠네요.

영화 후쿠오카 보셨나 봐요.

네.

아직도 그러고 사세요?

네.

☽즉흥즉이다. ▽맘에 안 드신다는 말씀이군. 나는 내 시가 좋다는 독자를 만날 때마다 내 시가 실패하는 지점을 만난다. 지금은 안심된다. 박소담에게 권해효가 묻는다. 자기는 어떤 사람인가? 박소담은 대답한다. 먹고 자고 싸고 울고 웃는다. 아저씨랑 똑같다. 장률의 영화 후쿠오카는 시도 소설도 인생도 일거에 초과하는 어떤 형태였다. ☽장률을 접한 계기가 궁금하다. ▽지인을 통해 그의 영화 망종을 봤다. 그 후 홍상수와 다른 장률스러움을 필탐하게 된다. ☽군산을 찍은 뒤 장률이 시인에 대해서 말한 대목이 기억난다. '시인에 대해 좀 더 폭넓게 말하고 싶었다. 시를 쓰는 사람만이 시인이 아니

고, 시의 정서를 갖고 있는 사람도 시인이라고. 사실 시 쓰는 사람 중에서도 정서는 다 잊고 시만 쓰는 사람도 있다.' ▽여보시게, 그 말을 왜 내 앞에 들이대시는가.

언어라는 픽션

◗장률의 영화는 공간이 주인공이기도 하다. 춘천, 경주, 제천, 제주, 북촌, 수원, 강릉 등등이 홍상수의 공간이었다면 장률에게는 경주, 군산, 수색, 후쿠오카가 세팅이다. 당신의 시에도 공간 혹은 지명이 많이 등장한다. 해명이 필요한가. ▽뭐, 해명까지. 정선아리랑, 치악산 같은 시집은 공간을 업고 있다. 시가 공간에 빚을 지고 있는 경우지만 그건 거기까지다. 내 시의 공간은 내 시가 움직이는 여백을 제공한다. ◗이번 12탄에도 반영되는 개념인가. ▽그렇지는 않다. 내 시집을 채우고 있는 것은 픽션이다. 픽션을 픽션으로 사는 것이 내 시의 동력이다. 그래서 현실에, 현실적인 문제에 집중하는 시는 관심이 없다. 웃자는 애기 한 토막. 이상의 오감도에는 13인의 아해가 나온다. 학자들은 13을 풀이하느라 고생이 많다. 13의 정체는 합의되지 않는 무엇이다. 근사치를 알 뿐이다. ◗당신은 13이 뭐라고 생각하는가. ▽평론가 식으로 말하지 말자. 무당한테 가봐야겠다. 12나 15보다는 13이 발음하기 좋고 뭔가 숨어 있는 듯도 하다. 그런 수수께끼가 오감도의 전부다. 그 이상의 토론은 학자들의 생계적 관심사다. 율리시즈가 영문학자들을 논문 쓰게 만들 듯이 말이다. ◗그래서 당신의 시는 대상을 비껴간다. 미끌어진다. 요컨대 정곡을 찌르지 못한다. 않는

다고도 해야겠다. 인정하겠는가. ▽시인처럼 말하겠다. 정곡은 없다. 정확하다고 말하는 것 자체가 기만이다. 내가 빗맞춘 자리가 정곡이다. 滿紙荒唐言 一把辛酸淚 한 페이지 가득 황당한 말이 적혀 있다. 그런데 마지막에는 한 줄의 쓰린 눈물이 흐른다. 장률 영화를 관류하는 조설근의 소설 홍루몽의 문장이다. 그리고 나는 이 대목에 오래 공감한다. ◗이번 시집도 그렇다는 뜻인가. ▽그렇다고 나는 생각한다. ◗당신처럼 독자가 없는 시는 남고 자시고 할 게 없지 않은가. ▽옳은 말이다. 모든 건 균형이다. 즉 많이 읽힐수록 어떤 작품은 거덜이 난다. 그건 좋은 시 안 좋은 시의 차원이 아니다. 반대로 읽히지 않은 시는 불가피하게 신선미를 향유하고, 이자가 붙듯이 부풀어오르기도 한다. 나는 독자를 믿지 않는다. ◗안 읽힐수록 괜찮은 시라는 뜻이 된다. ▽나르시시즘의 확대와 심화라고 이해해주라. ◗▽ (같이 웃음)

내가 니 에미다

◗오피셜하게 묻겠다. 당신의 시쓰기는 정신작업인가? ▽오피셜이라는 말을 취소하면 말하겠다. ◗그게 무슨 뜻인가? ▽나는 오피셜에 저항하는 사람이다. ◗취소한다. ▽나에게 시쓰기는 정신노동이 아니라 수작업이지요. 손가락으로 토닥거리는 기능성 가내수공업.◗부연 질문은 않겠다. 가벼운 얘기하면서 마무리 짓자. 시 안 쓸 때는 주로 어떤 일로 소일하는가. ▽ 산책 ◗시 쓰다가 산책하다가 그러는가. ▽그렇게 단순화시키면 건달이 된다. ◗시인은 원초적 건달이 아닌가. ▽언

어로 남을 속이는 사기꾼이지. 자신도 언어에 당하면서 ⟩시를 쓰면서 도달하고 싶은 지점이 있는가. ▽그런 건 누구에게나 있을 것이다. 나는 그 지점을 이미 지나쳤다. 아직 만나지 못했다는 말도 된다. 그 도달점을 알지 못하기 때문이다. 내가 니 에미라고 알려줘도 자기 에미를 알아보지 못하는 눈 먼 아이처럼 그렇게 시를 나는 작성하고 있다. 나의 불행이자 행복이다. ⟩수고하셨스므니다. (악수)